Itsy-Bitsy Wolk

Een geheime wens vervuld

Translated to Dutch from the English version of
Itsy-Bitsy Cloud

Francis Edwards

Ukiyoto Publishing

Alle wereldwijde publicatierechten zijn in handen van

Ukiyoto Publishing

Gepubliceerd in 2023

Inhoud Copyright © Francis Edwards

ISBN 9789358465686

Alle rechten voorbehouden.
Niets uit deze uitgave mag worden verveelvoudigd, verzonden of opgeslagen in een geautomatiseerd gegevensbestand, in enige vorm of op enige wijze, hetzij elektronisch, mechanisch, door fotokopieën, opnamen of enige andere manier, zonder voorafgaande toestemming van de uitgever.

De morele rechten van de auteur zijn bevestigd op.

Dit is fictie. Namen, personages, bedrijven, plaatsen, gebeurtenissen, locaties en incidenten zijn het product van de verbeelding van de auteur of worden op een fictieve manier gebruikt. Elke gelijkenis met echte personen, levend of dood, of echte gebeurtenissen is puur toeval.

Dit boek wordt verkocht op voorwaarde dat het niet wordt uitgeleend, doorverkocht, verhuurd of op andere wijze in omloop wordt gebracht, zonder voorafgaande toestemming van de uitgever, in een andere vorm van binding of omslag dan die waarin het is uitgegeven.

www.ukiyoto.com

Toewijding & Erkenningen

Opgedragen aan de nagedachtenis van Lee Barry Turner

Teruggetrokken van deze Aarde, 7 februari 2022

Mijn nu, beschermengel. Hij bleef maar tegen me zeggen dat ik tijdens zijn ziekte elke dag moest schrijven om mijn gedachten bezig te houden en weg te blijven van zijn problemen. Op 7 februari 2022 hoorde hij op aarde het goede nieuws: "Gefeliciteerd, je boek is geaccepteerd voor publicatie".

Lee Barry Turner zal bij me zijn bij elke stap die ik zet op mijn levenslange reis door het schrijven van verhalenbundels, essays en gedichten voor kinderen, totdat onze zielen door de genade van God met elkaar verbonden zijn in de hemelen hierboven.

Illustraties gezocht met Google

Krediet gegeven waar genoteerd van deze zoekopdrachten:

Unsplash foto's van Wolken:

Daoudi Aissa
Barrett
Scanner
Oskay
Emmanuel Appiah
Patrick Janser
Vladimir Anikejev
Nicole Geri
Josiah H
Julian Reijnders
Yurity Kovalov

Illustraties ook gedownload van bron royalty free, commercieel gebruik:

De grafische fee

Gratis vectorafbeeldingen

Pixels

Pixabay

Peakpx

Illustraties gemaakt met behulp van:

Tekst op afbeelding

Clip Art Gratis Downloaden

Allemaal bedankt voor het openen van jullie deuren voor schrijvers.

INHOUD

Itsy - Bitsy's geheim	1
Itsy - Bitsy schrijft een gedicht	10
Itsy - Bitsy's vertelt haar geheim	13
De diepe droom	17
Bezoek met de Brownies	19
De appelboom fee hoofdman	23
Leprechauns	27
Oorlog van de kabouters	32
De Elfen	37
Ketting	43
Kelpie, het paard	48
De storm	50
Over de auteur	*51*

Itsy - Bitsy's geheim

OEr was eens een klein meisje, Itsy-Bitsy, dat zo'n wonderbaarlijke geest had. Ze wilde op een wolk klimmen. Ze hield haar geheim voor zichzelf. Itsy-Bitsy wist dat haar vrienden, en vooral haar oudere broer Ziggy, de draak zouden steken met haar wens.

Itsy-Bitsy keek graag naar wolken. Grote witte gezwollen exemplaren trokken altijd haar aandacht tegen een koningsblauwe lucht als ze langzaam voorbij dreven. Ze merkte dat deze speciale wolken van vorm veranderden voordat ze in de horizon verdwenen. Niemand begreep haar fascinatie. Ziggy schreeuwde altijd tegen haar dat ze naar de grond moest kijken als ze naar school liep. "Itsy-Bitsy je gaat vallen. Waar kijk je naar? Ik ga het mama vertellen!" Itsy-Bitsy zou hem gewoon negeren en naar school strompelen. "Ziggy Cloud, laat me met rust, zei ze".

Eenmaal op school vroeg Itsy-Bitsy haar leerkracht altijd om een stoel bij het raam. Itsy-Bitsy vertelde haar lerares dat ze aan *claus-tro-pho-bia le*ed. Itsy-Bitsy zocht het woord op in het woordenboek dat de aandoening uitlegde als een extreme angst voor een kleine ruimte.

Itsy-Bitsy hoorde het woord op een dag van haar moeder, Merry-Weather, toen ze de andere moeders in de speeltuin uitlegde waarom Itsy-Bitsy altijd omhoog kijkt. Itsy-Bitsy kende dit label en deed altijd haar best om een stoel aan het raam te krijgen in al haar lessen op school. Itsy-Bitsy wilde alleen maar uit het raam kunnen kijken om te zien of er wolken voorbij kwamen. Itsy-Bitsy was niet alleen. Andere klasgenoten keken ook graag uit het klasraam, maar zij waren niet op zoek naar wolken. Af en toe betrapten Itsy-Bitsy's leraren haar erop dat ze uit het raam keek. Die leraren keken Itsy-Bitsy ernstig aan omdat ze aan het dagdromen was.

Itsy-Bitsy hield een dagboek bij. Elke dag als ze een wolk zag, tekende ze de vorm en probeerde ze de vorm te identificeren. Itsy-Bitsy zou zich voorstellen of de wolk op een schip, een land, een dier, een ster, een boom of een persoon leek. Dit was haar spel. Dit hield haar urenlang bezig.

Itsy-Bitsy verwerkte wolken in al haar tekeningen. Haar vader, Storm, zag ze elke keer als Itsy-Bitsy thuiskwam van school en een nieuwe tekening op de koelkastdeur plaatste. Haar vader merkte dan op, "Itsy-Bitsy je wolk is het beste element in de hele tekening. Hoe je het doet. Ik zal het nooit begrijpen".

Een van de leukste momenten op school voor Itsy-Betsy was de wetenschaples. Ze vond het geweldig om over alle wolkenformaties te leren. Itsy-Bitsy heeft geleerd dat er vier grote categorieën zijn. Deze categorieën worden onderscheiden door hoe hoog de wolken aan de hemel staan. Itsy-Bitsy schreef in haar notitieboekje:

De hoge wolken worden Cirruswolken of vederwolken genoemd.

Cirruswolken zijn zo hoog dat al het water in de wolken bevroren is. Als je deze wolken ziet, betekent dit dat er storm op komst is of dat er een warmtefront aankomt.

Cirrocumuluswolken zijn lappenwolken. Het mooie weer is in aantocht.

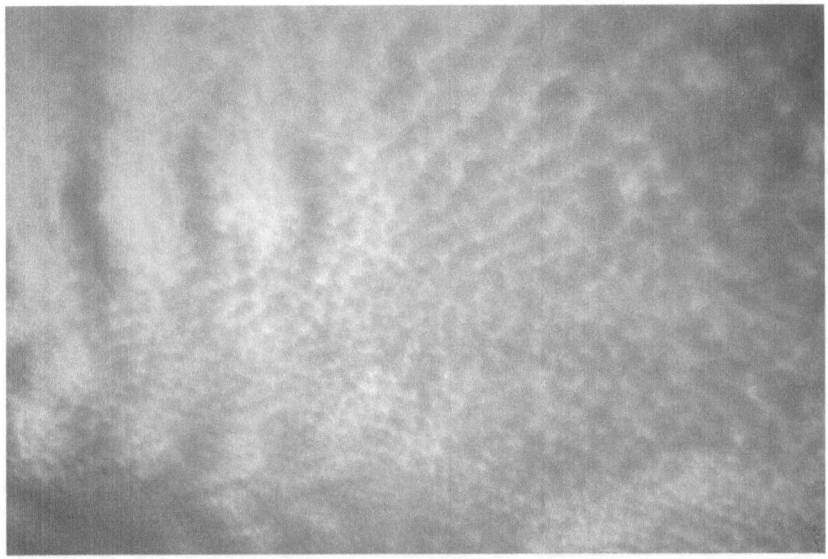

Cirrostratuswolken zijn melkachtige wolken. De hele hemel is bedekt. Je kunt er doorheen kijken. Dit geeft aan dat er een warmtefront onderweg is. Mooi weer.

De middelste wolken

Altocumuluswolken zien er rond en ovaal uit. Vol met regen. De regen verdampt echter voordat het de grond raakt. Die wolken duiden op het begin van onweer. Ze betekenen ook dat er een koufront aankomt.

Altostratuswolken zijn grijze dekenwolken. Ze produceren lichte regen.

Itsy-Bitsy heeft deze foto klein gemaakt, omdat ze deze wolken helemaal niet mooi vindt.

De Lage Wolken

Stratuswolken zijn mist en nevel.

Stratocumuluswolken zijn gezwollen wolken die heel dicht op elkaar liggen. Ze voorspellen
waarschijnlijk een lichte motregen.

De Multi Level Wolken tonen een grote verticale opbouw.

Cumuluswolken zijn prachtige wolken die voorbij drijven. Deze wolken verdwijnen 's avonds. Ze bedoelen mooi weer.

Cumulonimbuswolken zijn verticale bergen.
Ze voorspellen stormen met zware regen of hagelstenen. Er zou zelfs een tornado kunnen zijn.

Nimbostratus Wolken houden de zon tegen. Deze wolken zijn erg donker. Ze produceren regen of sneeuw, afhankelijk van het seizoen.

Itsy - Bitsy schrijft een gedicht

Itsy-Bitsy kan nu naar haar notitieboekje gaan om alle verschillende wolken in de lucht te controleren. Ziggy kan het haar niet kwalijk nemen dat ze opkijkt. Nu kan ze het weer voorspellen. Ze geeft advies aan haar familie en helpt hen beslissingen te nemen, zoals het nemen van een paraplu. Itsy-Bitsy begon van weersvoorspellingen een spelletje te maken. Ze schrijft op haar kalender hoeveel keer haar voorspellingen juist zijn. Elke keer als Itsy-Bitsy het goed heeft, geeft Storm haar een muntje voor haar spaarvarken. Ziggy moet het vuilnis buiten zetten. Haar moeder stopt een extra traktatie in haar lunchtrommel op school. Itsy-Bitsy's kat geeft haar een speciale miauw om haar veilig binnen te houden op voorspellende regenachtige dagen.

Itsy-Bitsy wordt zo goed in weersvoorspellingen dat iedereen op school haar raadpleegt, omdat ze zich hun wetenschapsles over wolken niet meer kunnen herinneren. Moeders in het park en de speeltuin begonnen met haar te overleggen. Ze vroegen Itsy-Bitsy wat voor weer het zou worden. Een moeder zou zeggen: "We zijn bezig met het plannen van buitenzwembadfeestjes. Itsy-Bitsy geniet van al deze aandacht. Ze ontvangt en maakt elke dag nieuwe vrienden. Alle krantenjongens, inclusief de postbode, vragen Itsy-Bitsy wat voor weer we verwachten.

Itsy-Bitsy schrijft een gedicht voor haar Engelse les.

WOLK, WOLK, WOLK...

KOM NAAR BENEDEN...

KAN IK...

KLIM AAN BOORD.

KUN JE ME...

KAMPEREN IN DE LUCHT...

KOM NAAR ME TOE.

KAN NIET TE VROEG ZIJN...

KAN NIET WACHTEN...

KAN JE ZEGEN KUSSEN...

KAN JE AANWEZIGHEID VIEREN CLOUD, CLOUD, CLOUD...

KOM ME MAAR HALEN...

GA DOOR MET JE REIS...

TOESTAND VOORDAT JE VERDWIJNT.

Itsy-Bitsy leest haar gedicht voor aan Ziggy, maar hij is niet onder de indruk. Hij verklaart: "Dat gedicht is gek, je kunt niet op een wolk gaan zitten, gekke meid, je zult er doorheen vallen. Ik ga mama over jou vertellen"! Itsy-Bitsy antwoordt, "Ik kan doen alsof, stommeling, ga nu het vuilnis buiten zetten voordat het regent".

Itsy-Bitsy wil haar vader haar gedicht laten zien. Hij is zo onder de indruk van het gedicht dat hij vraagt: "Itsy-Bitsy waarom heb je al die woorden gebruikt die beginnen met de letter C"? Itsy-Bitsy antwoordt: "C is de alfabetletter die we op school leren. Al die C-woorden komen volgende week in onze spellingtest". "Oh, ik zie het al, hier is een dollar voor je spaarpot. Je gedicht is knap gemaakt, gefeliciteerd. Doorgaan met het overbrengen van inhoud; aanspraak maken op auteursrecht".

Itsy - Bitsy's vertelt haar geheim

Op een dag wordt Itsy-Bitsy door haar moeder gevraagd om in de achtertuin bloemen te plukken voor een gedekte tafel. Merry-Weather is van plan om vanmiddag de plaatselijke tuinclub te vermaken tijdens een lunch. Terwijl Itsy-Bitsy druk bezig is met het plukken van wilde bloemen, zoals blauwe klokjes, heide, lupines en gele bloemen, kan ze het niet laten om naar de wolken te kijken. Zodra ze dit doet, struikelt Itsy-Bitsy over een roestig oud tuinornament. Ze pakt het op en ziet dat het een Cupido is. Cupido is zo blij. Hij werd eindelijk gevonden, na jaren en jaren te zijn weggestopt. Hij lag weg te roesten op de vochtige grond. Itsy-Bitsy plaatste de Cupido op een grote rots. De Cupido zei, "Je hebt me gered. Voor jou schiet ik mijn laatste pijl. Mijn pijl kan het hart van een Tuinfee doorboren en ze zal je misschien een wens vervullen." "Ja, ja, ga alsjeblieft verder. Ik heb een geheime wens. Ik heb het nooit aan iemand verteld, behalve aan mijn kat, Jumping-Jack. Hij bewaart mijn geheim, omdat hij geen mensentaal spreekt".

Itsy-Bitsy zet de roestige Cupido voorzichtig neer op een meer comfortabele gladde rots, zodat hij zichzelf in evenwicht kan houden. De Cupido schoot zijn laatste pijl rechtstreeks op een verstoring in een paarse bloemenpluk.

"Het is een tuinfee," verklaart Itsy-Bitsy. "Ik kan haar gewoon zien!"

De Tuinfee fladdert boven enkele paarse bloemen. Nu kan Itsy-Bitsy haar echt zien tegen de koningsblauwe lucht. De Tuinfee verandert haar kleur altijd zodat deze past bij de kleur van de bloem of het ding waarachter ze zich verstopt. Vandaag is ze paars. Ze past bij de paarse bloemen waar ze zich vandaag verstopt. De Tuinfee vertelt Itsy-Bitsy dat ze alleen een geheim voor een geheim kan ruilen. De Tuinfee zegt tegen Itsy-Bitsy, "Je moet me eerst je geheim vertellen, want mijn hart is doorboord". Itsy-Bitsy zegt, mijn geheime wens is om op een wolk te klimmen en door de lucht te zweven. De Tuinfee antwoordt: "Mijn geheim is dat ik geen wensen kan vervullen, maar ik kan wel vragen of je wens door je Godmotherfee kan worden vervuld. Zij is de enige die je wens kan vervullen. Omdat je achternaam Cloud is, heet je peettante Cloud. Je zult haar kennen. Ze komt naar je toe gekleed in een prachtige witte jurk die op een wolk lijkt en draagt een magische toverstok met een ster eraan."

De Tuinfee zegt tegen Itsy-Bitsy: "Ik beloof dat ik je peettante Cloud op de hoogte zal brengen van je geheime wens, terwijl je op een nacht in een diepe slaap bent. Dan mag ik namens jou met je peettante Cloud praten. Je Godmother Cloud kan elk moment in een diepe slaap komen en misschien je wens vervullen." Je mag dit aan niemand vertellen. Als je dat doet, is je wens weg. Je Godmother Wolk zal je slaap niet binnendringen, hoe diep je slaap ook wordt. Je slaap zal geen dromen bevatten als het geheim ontdekt wordt. Je moet dit elke dag en elk uur van de dag onthouden, en het aan niemand vertellen.

De Tuinfee hoort voetstappen. Ze moet gaan. Ze moet wegvliegen en zich verstoppen tussen een paars gekleurd bloembed. Ze verdwijnt net zo snel als ze verscheen.

Itsy-Bitsy draait zich om en ziet haar broer Ziggy. Hij roept: "Waarom duurt het zo lang, mama heeft die bloemen meteen nodig. Schiet op, Itsy-Bitsy of ik geef je aan bij mama. Je kunt er niet op rekenen dat je iets doet"!

Itsy-Bitsy raakt helemaal in de war. Ze haast zich weg met een arm vol bloemen. Ze neemt niet eens de tijd om ze in een rieten mand te leggen die ze heeft meegenomen. Itsy-Bitsy is zo gelukkig. Ze weet niet wat ze moet denken. Ze weet maar één ding zeker. Ze mag haar geheim aan niemand vertellen.

De diepe droom

Elke nacht zei Itsy-Bitsy's moeder tegen haar dochter nadat ze een verhaaltje had voorgelezen: "Droom lekker, schat". Er kwamen geen dromen. Arme Itsy-Bitsy kon niemand over haar geheim vertellen. De enige die het wist was haar kat, Jumping-Jack. Hij kon alleen maar miauwen. Itsy-Bitsy herinnerde zich wat de Tuinfee zei: "Het geheim zou verdwijnen als een Cumuluswolk, als een geheim ook maar een beetje weerklonk tijdens het snurken".

Op een nacht begon Itsy-Bitsy te woelen en te draaien in haar slaap. Jumping-Jack begon te miauwen en te miauwen, luider en luider. De Godmother Fairy Cloud verscheen. "Ik ben gekomen om je geheime wens in vervulling te laten gaan. Nu kun je in vrede rusten, mijn lieve kind. Je bent geslaagd voor de test. Je hebt niemand over onze of jouw geheimen verteld. Veel kinderen hebben om jouw geheime wens gevraagd, maar ze hebben allemaal gefaald. Je hebt alle verleidingen weerstaan. Je hebt jezelf aan mij bewezen. Die andere kinderen konden die geheime wens om op een wolk te klimmen niet bewaren. Al hun hoopvolle wolken veranderden in regen. Hun wens ging niet door. Ze kunnen niet op hun ooit gekozen wolk klimmen. Hun wens is voor altijd verdwenen. Je hebt geluk. Je wolk wacht.

De berg waar ik woon is de hoofdstad van Feeënland. Ik ben de koningin van Sprookjeslandberg. Ik heb mijn berg opdracht gegeven om een Cap Cloud van je te maken. Zodra je aan je klim naar de berg begint, zal ik met mijn toverstaf opwaartse winden naar de top van de berg leiden om je Cap Cloud te vormen. Je kat zal je hem laten opzadelen. Hij kan dan op de wolk springen.

De Clap Cloud brengt je naar mijn wereld, de Andere Wereld. Je zult mijn Koninkrijk bezoeken. Om je aankomst te bevestigen, moet je in elk Andere Wereld Terrein een ansichtkaart geven. Op die ansichtkaarten staan de adressen van alle feeën die je zult bezoeken. Eenmaal bezocht, wordt de terreinkaart naar me teruggevlogen door de Tuinfee die me je geheime wens heeft verteld. Dit zal je bezoek bevestigen. Clap Cloud gaat verder naar een nieuw terrein met andere fae mensen, met jou en Jumping-Jack aan boord. Als de Tuinfee naar me terug komt vliegen, zonder een ansichtkaart ondertekend door de hoofdman van elk terrein, dan drijft de Cap Cloud verder zonder jou en Jumping-Jack. Jij en je lievelingskat zullen voor altijd leven binnen het fae-terrein in mijn Andere Wereld. Je zult nooit weggaan. Al mijn onderdanen beloven geheimen voor zichzelf te houden. Niemand in jouw menselijke wereld zal er ooit achter komen waar je bent in mijn Koninkrijk van de Andere Wereld.

Peettante Wolk heeft nog een regel waar alle feeën zich aan moeten houden. Feeën liegen nooit. De waarheid moet gezegd worden.

"En nu wegwezen!"

Bezoek met de Brownies

De Klapwolk drijft door de lucht en zweeft over landbouwgrond. Itsy-Bitsy en Jumping-Jack zien boerderijdieren, een schuur en een boerenhuis. Itsy-Bitsy denkt bij zichzelf, "Wat geweldig". Ze vraagt aan Cap Cloud: "Is dit het eerste Terrain? "Ja, zorg er nu voor dat je de juiste ansichtkaart met het opschrift Brownies meeneemt, wanneer Spring-Jack je van me afneemt".

Itsy-Bitsy en Jumping-Jack arriveren en worden begroet door Brownie Hard Worker, "Welkom"! "Het is leuk om een extra helpende hand te zien op het Farm Terrain". "Je mooie Perzische Kat kan zichzelf een thuis ver van huis bezorgen. Hij kan in die grote pompoen springen. Ik denk dat hij zich daar wel zal willen nestelen."

Brownie Hard Worker legt uit dat de boer, met mijn hulp 's nachts, alle pompoenen van de velden heeft verzameld. Je bent aangekomen voor de tijd van het pompoensnijden. Pompoenen worden gesneden met gezichten erop. Ze worden 's nachts verlicht met kaarsen om de geesten weg te jagen. Geesten zijn geen feeën. Geesten kunnen geesten, heksen, duivels, vampiers of zombies zijn die de dieren op de boerderij bang maken. Ze verschijnen uit het niets, op 31 oktober. Mensen noemen deze gelegenheid Halloween. Jouw taak is om gezichten op 50 pompoenen te kerven. In elke pompoen moet een ander eng gezicht worden gesneden. Nu moet ik de hoofdman van het boerenland gaan vertellen dat je hier bent. Veel geluk, lieverd. Tot later. Begin zo snel mogelijk met het uitsnijden van pompoenen. Hier is een vleesmes. Pas op dat je jezelf niet snijdt. Trouwens, je kat kan elke uitgesneden pompoen naar elk dierenhok brengen. Zorg voor een paar extra pompoenen voor de varkens. Ze eten er altijd een paar voor Halloweenavond.

De Harde werker gaat de Hoofdman van het Boerderijterrein vertellen dat de Klapwolk een bezoeker uit de mensenwereld heeft meegenomen om pompoenen te snijden.

"Daar hier, daar hier," roept Harde werker. Haar naam is Itsy-Bitsy Cloud. Ze zal pompoenen voor ons snijden. Kijk, ze is al begonnen.

Head Farmland Terrain Chieftain is vermomd als enge pompoen. Wanneer hij Itsy-Bitsy begroet, legt hij haar uit dat het zijn taak is om op Halloweenavond het huis van de boer te beschermen tegen kwaadaardige indringers. Ik moet op de veranda van de boer blijven. Maak je alsjeblieft geen zorgen over hoe ik eruit zie. Na Halloween zie ik er weer uit als een normale Brownie met puntoren. Itsy-Bitsy is gewoon te bang om hem haar ansichtkaart te geven. Spring-Jack rent naar zijn pompoen en springt erin. Itsy-Bitsy besluit te wachten tot ze 50 pompoenen heeft uitgesneden.

Itsy-Bitsy blijft pompoenen snijden en snijden. Ze heeft al snel geen verschillende gezichten meer om te snijden. Ze heeft Ziggy's gezicht tien keer uitgesneden! Tien verschillende manieren. Itsy-Bitsy zegt tegen Spring-Jack dat hij de meeste pompoengezichten van Ziggy naar de varkensstal moet brengen. Itsy-Bitsy hoopt dat de varkens honger hebben. Tegen de tijd dat ze 33 gezichten heeft, begint de arme Itsy-Bitsy verschillende wolken op de pompoenen uit te knippen. Ze denkt dat stormwolken de heksen zullen afschrikken. De heksen zullen bang zijn om te vliegen tijdens een storm.

Itsy-Bitsy wil na het helpen van de Brownies <u>verder wolken</u>. Itsy-Bitsy vindt een slimme manier om haar ansichtkaart bij de Chieftain te bezorgen. Itsy-Bitsy stopt haar ansichtkaart in een van haar uitgesneden pompoenen om de Chieftain haar handige werk te laten zien. De Harde Werker levert de pompoen af bij de Hoofdman en terwijl hij het deksel optilt om er een kaars in te plaatsen, grijpt zijn hand de ansichtkaart. Hij ondertekende de ansichtkaart en de Tuinfee, die nu oranje van kleur is, kwam uit een paar gestapelde pompoenen fladderen en nam de ansichtkaart onder haar vleugels. De Tuinfee verdwijnt uit het zicht om de ansichtkaart bij Godmother Cloud af te leveren.

Een paar uur voor zonsondergang op Halloweenavond verscheen de Cap Cloud en Jumping-Jack nam Itsy-Bitsy op zijn rug en sprong op de Cap Cloud. Itsy-Bitsy was zo blij. Ze wist dat elke kobold die Halloweenavond rond het Boerderijterrein jaagde, Spring-Jack zou laten schrikken. Jumping-Jack kon weglopen en zich ergens op de boerderij verstoppen en nooit gevonden worden. Itsy-Bitsy geloofde zelfs dat de varkens Jumping-Jack konden eten in plaats van een pompoen met een Ziggy-gezicht.

Itsy-Bitsy haalde volgens Halloween-traditie een truc uit met de Chieftain. Er werd geen leugen verteld. Itsy-Bitsy's traktatie was de Clap Cloud die net voor zonsondergang aankwam. Itsy-Bitsy en Jumping-Jack konden alle verlichte pompoenen rond de boerderij zien, samen met een heleboel vreemde schaduwen toen de Clap Cloud wegtrok tijdens een volle maan, met sterren verlichte hemel.

De appelboom fee hoofdman

Te Cap Cloud gaat niet erg ver. Het begint te zweven boven een dik bos vol enorme oude bomen. De Cap Cloud stopt. Itsy-Bitsy en Jumping-Jack springen een dicht donker bos in. Itsy-Bitsy begint een pad te volgen dat ze tussen een paar bomen vindt. De bomen zien eruit alsof ze er al honderd jaar of langer groeien. Ze hebben enorme slurven, net als de olifanten in een dierentuin. Itsy-Bitsy begint op te merken dat sommige bomen knopen hebben die lijken op gezichten. Ze begint ook te denken dat er zich iets achter sommige bomen verstopt. Jumping-Jack begint te miauwen bij een bepaalde gigantische appelboom. Jumping-Jack gaat helemaal niet vooruit. De arme kat is aan de grond vastgevroren. Hij blijft maar omhoog kijken en een heel eng geluid miauwen. Itsy-Bitsy hoort hetzelfde geluid van Jumping-Jack vlak voor een kattengevecht. Het miauwen wordt een sissend geluid. Jumping-Jack kromt zijn rug en maakt zich klaar voor de strijd. Itsy-Bitsy is bang. Zij raakt, net als Jumping-Jack, bevroren en begint te trillen. Ze wil wegrennen, maar kan zich niet bewegen.

De oude appelboom begint te praten met een holle, diepe stem. "Je bent op het Dryads Terrein gekomen en ik ben de Chieftain Apple

Tree. Maak je geen zorgen. Wij Dryads komen nooit buiten onze bomen. We worden deel van de boom wanneer een knoop verandert in een gezicht.

Ik ben de enige Dryade met ogen die jou kan zien. Mijn ogen laten me de kinderen uit jouw wereld zien die zich proberen te verstoppen achter bomen uit mijn zicht. Ik geloof dat sommige kinderen die zeggen dat ze hun ansichtkaart kwijt zijn, liegen. Anderen zijn bang om me hun ansichtkaart te geven, omdat ze bang zijn voor mijn uiterlijk of stem, wat meer de waarheid is. Al die kinderen moeten hier voor altijd blijven. Ze zitten hier vast. Ze overleven allemaal op noten of de appels die zijn gevallen en over de grond wegrollen, weg van mijn stam. Ze zijn te veel gewend aan de lieve woorden van hun moeders. Mijn diepe, holle stem houdt ze weg van mijn boom. "Ben je bang voor mij?" "Nee, maar mijn kat, Jumping-Jack, is bang. Ik heb een broer die soms net zo'n lage holle stem heeft als jij. Zijn stem gaat vooral diep als hij dreigt mijn moeder over mij te vertellen".

De kinderen van achter de bomen komen langzaam tevoorschijn om Itsy-Bitsy en Jumping-Jack te begroeten. Itsy-Bitsy kreeg van haar moeder de opdracht om te proberen minder bedeelde kinderen te helpen.

Itsy-Bitsy vraagt om de ansichtkaart van elk kind. Itsy-Bitsy praat fluisterend tegen de kinderen. Ik ga een truc uithalen met de boomleider. Ik beloof dat jullie allemaal met me mee zullen gaan. De kinderen antwoorden: "De boomleider zal zijn takken gebruiken om ons te achtervolgen. We halen je wolk niet." Itsy-Bitsy antwoordt: "Oh nee, dat doet hij niet, hij liegt niet. Als mijn truc werkt, krijgt de Tuinfee al je ansichtkaarten om terug te vliegen naar Godmother Cloud". Itsy-Bitsy zegt, "Een trucje uithalen is niet liegen".

Elk kind overhandigt zijn ansichtkaart aan Itsy-Bitsy. Zodra dit is gebeurd. Itsy-Bitsy op de rug van Jumping-Jack springt tegen de achterkant van de Chieftain's Tree op. De boom voelt niets. Itsy-Bitsy verbergt met de hulp van Jumping-Jack een ansichtkaart achter elk blad met boomsap. Itsy-Bitsy kiest bladeren die herfstgoud of oranje zijn.

Itsy-Bitsy wacht tot er een zacht briesje door het bos waait en de losse bladeren van de bosbomen schudt. Als de Chieftain de vallende bladeren tegen zijn ogen krijgt, pakt hij een tak om het blad van zijn ogen weg te pakken. Aan die bladeren zit een ansichtkaart vast. Itsy-Bitsy en Jumping-Jack springen op en neer van vreugde. Itsy-Bitsy roept uit: "Kijk kinderen, mijn truc heeft gewerkt!

De Tuinfee, nu gekleed in groen en herfstgoud, komt van een tak naar beneden fladderen. Ze neemt alle ansichtkaarten mee die door het opperhoofd Dryad zijn ondertekend. De kinderen springen allemaal op en neer van blijdschap. Itsy-Bitsy, "Je bent zo ontzettend slim. Nu kunnen we vertrekken met jou en je kat. Bedankt!"

Itsy-Bitsy en Jumping-Jack zijn ook allebei gelukkig. Itsy-Bitsy hoeft niet alleen te reizen, ze zal nieuwe vrienden hebben om mee te praten. Jumping-Jack krijgt veel aandacht met knuffels.

Al snel verschijnt de Cap Cloud en Jumping-Jack draagt op zijn rug vijf nieuwe vrienden om <u>op te wolken</u>.

Itsy-Bitsy is zo blij dat ze vrienden heeft om mee te praten dat ze een gedicht schrijft om de oude appelboom te gedenken.

A voor Apple, Apple, Apple

Appelboom...

In staat om rood te zien...

Sta toe om...

Veel om mee te nemen.

Weg met hen...

Een goede boom...

Rekening te vervangen...

Er komt nog een jaar.

Altijd een goede traktatie...

Schort aan...

Pas een goede maatregel toe...

Volgens de instructies.

Toegang tot de...

Aroma om te ontsteken ...

Eetlust...

Goedkeuring volgt.

Applaus...

Hiermee kun je een andere...

Voeg uw zegeningen toe voor...

Appels, appels, appels.

Leprechauns

Dwars door de hemel ging de Capwolk met de passaatwind mee en duwde de kinderen helemaal oostwaarts over de Atlantische Oceaan van een terrein in Noord-Amerika naar Europa. De slaperige kinderen worden meegenomen naar het huis van de Leprechauns, dat hunams Ierland noemen.

Deze verlegen feeën bestaan volledig uit mannetjes. Ze maakten al deel uit van het Leprechaun Terrein voordat er mensen woonden. De Leprechauns zijn een symbool geworden in het hedendaagse Ierland. Er zijn veel Ierse verhalen over hen geschreven in de Ierse folklore.

De kinderen worden langzaam wakker door het horen van muziek en dans die steeds luider lijkt te worden. Ze horen tikken als hamers die de maat houden op de muziek. De kinderen zijn nu allemaal klaarwakker en willen meedoen. De kinderen zijn blij om op vaste grond te landen. De kinderen hadden <u>een wolkenvertraging</u>. De tijd marcheert achteruit als je naar het oosten reist. Ze waren snel over hun moeheid heen. Ze worden omringd door de vriendelijke Leprechauns. Dit is hun manier om nieuwkomers op hun terrein te verwelkomen. Eén Leprechaun hield zelfs een bord omhoog zodat alle kinderen het konden lezen.

"Kinderen, jullie zijn allemaal welkom voor een verfrissing en om deel te nemen aan ons feest." Terwijl jullie je vermaken, gaan wij schoenmakers nieuwe schoenen voor jullie maken. We weten dat kinderen hun schoenen snel verslijten. Dit is ons geschenk aan jou. Van de restjes leren schoenen maken we een nieuwe halsband voor de kat. Itsy-Bitsy antwoordt: "Wat geweldig, heel erg bedankt". Jumping-Jack voegt zijn miauw toe. Alle kinderen klappen en beginnen gek te doen.

Itsy-Bitsy realiseert zich al snel dat elke keer als ze met haar ogen knippert, de Leprechaun met wie ze praat verdwijnt. Itsy-Bitsy denkt bij zichzelf, "Hoe ga ik zes ansichtkaarten geven aan de Chieftain Terrain Leprechaun, als ik met mijn ogen knipper? Ik kan niet stoppen met knipperen. Ik weet dat ik een slimme truc moet uithalen.

Itsy-Bitsy vraagt een kabouter, "Wat doen we met onze oude versleten schoenen? De Leprechaun antwoordt: "We laten de Chieftain Terrain Leprechaun beslissen. We geven al je oude schoenen aan hem en onze Leprechaunchef zal ze sorteren, afhankelijk van de staat waarin ze verkeren. Als er iets kan worden hergebruikt, voorkomen we dat het winterbrandstof wordt. Onze huisjes in dorpen overal op ons Terrein worden verwarmd door oude, onherstelbare schoenen".

Itsy-Bitsy slaat haar benen over elkaar om na te denken. Ze weet door het lezen van veel verhalenboeken dat niemand ooit een Leprechaun heeft gevangen en een pot met goud heeft gekregen. In feite heeft niemand in de afgelopen duizend jaar ooit een Leprechaun gevangen, herinnert ze zich ergens gelezen te hebben of misschien heeft Ziggy het haar verteld. Itsy-Bitsy wil geen pot met goud. Gold zal de Cap Cloud sowieso niet laten komen om haar met haar nieuwe vrienden op te halen. Itsy-Bitsy moet een manier bedenken om de ansichtkaarten in de hand van de Chieftain Leprechaun te krijgen.

Itsy-Bitsy weet dat alle elfjes dol zijn op cadeautjes. Itsy-Bitsy verzamelt stiekem alle ansichtkaarten van de kinderen. Ze stopt elke ansichtkaart in de rechterschoen van elk paar. Ze geeft de juiste schoen van elk paar in een doos en wikkelt de doos in met papier dat ze van een van de kabouters heeft gevraagd. Het cadeaupapier is bedekt met klavertjes vier, een gelukssymbool dat wordt gebruikt door de Leprechauns. Itsy-Bitsy stopt alle linkervoet schoenen in een zak en geeft de zak aan een schoenmaker. Ze overhandigt het ingepakte geschenk aan de Terrain Leprechaun Chieftain. Itsy-Bitsy zegt zonder met haar ogen te knipperen: "Opperhoofd Terrein Leprechaun, accepteer alstublieft dit nederige geschenk van alle kinderen van de Cap Cloud in ruil voor het vermaken van ons en uw vriendelijke gastvrijheid". De Chieftain schudt de doos eerst en maakt hem dan open om de schoenen te zien. Hij is blij met zo'n attentheid. Hij inspecteert elke schoen en ontvangt de ansichtkaarten. Hij zet graag zijn handtekening op elk exemplaar. Itsy-Bitsy ziet de Tuinfee tevoorschijn komen vanachter een klavertje vier. De Tuinfee is helemaal in het groen gekleed en pakt de ansichtkaarten en vliegt ermee weg.

Itsy-Bitsy rent uiteindelijk naar alle kinderen, die nu dansen in hun nieuwe schoenen. Ze waarschuwt hen voor de naderende Cap Cloud. Jumping-Jack spint met zijn nieuwe blauwe halsband met extra breedte voor meer stevigheid. De kinderen voelen zich veiliger als ze zich eraan vasthouden wanneer ze naar de Clap Cloud worden getransporteerd.

Itsy-Bitsy schrijft nog een gedicht ter ere van deze gelukkige gelegenheid.

B voor BOEK, BOEK, BOEK

Geloof me, ik zal lezen...

Het beste om van te genieten...

Beter dan spelen...

Wees mijn vriend.

Wordt mijn doel om te lezen...

Buiten mijn kennis...

Achter mijn verleden...

Begin een nieuw avontuur.

Fleur elk uur op...

Becken mijn gedachten...

Gebroken mijn...

Verveling.

Dappere kleine...

Boek, boek, boek

Bind de pagina's in...

Bond het verhaal voor mij.

Geloof in kabouters.

Oorlog van de kabouters

The Cap Cloud kon lanceren in de diep heldere, zuiver blauwe lucht. Deze keer vroeg de Cap Cloud aan Itsy-Bitsy: "Waar in de Andere Wereld wil je nu met je vrienden naartoe?" "Breng ons alsjeblieft naar het Kabouterterrein. Ik weet dat kabouters vriendelijk zijn. Ze hebben graag veel plezier. Ik heb kabouters thuis in mijn achtertuin. Ziggy struikelt er altijd over als hij me achtervolgt. Hij geeft mij altijd de schuld en zegt: "Ik ga mama over jou vertellen". We zouden ze allemaal graag bezoeken. Ik ben er zeker van".

Toen Itsy-Bitsy over de Capwolk keek en de Cap land naderde, zag ze een enorm bord.

Itsy-Bitsy besloot de vijf kinderen op de Cap Cloud te laten stemmen voordat ze op dit nieuwe terrein zouden landen. Dit zou de beste oplossing zijn, aangezien de stemming niet gelijk zou kunnen uitvallen. De stemming vond plaats bij handopsteking. De groene kaboutermutsen wonnen.

Itsy-Bitsy was blij met de beslissing, want een kabouter met een groene hoed hield het bord vast! Toen hij door Jumping-Jack werd afgeleverd, vroeg Itsy-Bitsy aan de Kabouter waar het gevecht over ging. De Kabouter zei: "De oorlog is door mensen begonnen. Ze kochten alleen Red Hat Kabouters voor hun tuinen. Veel Groene Hoed Kabouters werden jaloers. De Groene mutsen hebben de hamers ter hand genomen om de Rode mutsen uit de winkelschappen te slaan.

Mensen zullen maar één keuze hebben om Groene Hoeden te kopen. De productie van Groene Hoeden in onze fabrieken loopt al een tijdje terug en dat heeft werkloosheid en ontberingen veroorzaakt voor veel Groene Hoedenkabouters". Het Kabouterterrein heeft twee Hoofdmannen, een Rode Hoed en een Groene Hoed. De hoofdman die de strijd wint, verschijnt hier bij het bord en verklaart de overwinning. Blijf verborgen tot je een paard ziet naderen. Alleen de twee Chieftains hebben een paard.

Itsy-Bitsy wordt rood in haar gezicht. Haar moeder heeft net een Rode Hoed kabouter gekocht voor in de achtertuin. Itsy-Bitsy wil het hoedje nu groen verven als ze weer thuis is. Ziggy zal waarschijnlijk zeggen: "Ik ga mama over jou vertellen"!

Itsy-Bitsy en de vijf kinderen kunnen geen gevecht zien, maar ze kunnen wel horen hoe keramische hoeden in het verre veld van standbeelden worden geslagen. De kabouter met de groene hoed vertelt het aan alle kinderen. Als je bang bent, verstop je dan in de holen die naast de wortels van de bomen in het bos daarginds zijn gegraven. De Rode Hoeden rukken op deze kant op en kunnen onze verdedigingslinie snel doorbreken. Onze strijders zijn namelijk zwakker dan de Rode Hoeden. We hebben geen voedsel gehad om sterke strijders van te maken. De situatie wordt duidelijk. Het geluid van het slagveld wordt steeds luider. Alle kinderen besluiten te vluchten en zich te verstoppen in de holen rond de wortels van de bomen bij het grote bord. De kinderen herinneren zich hun straf voor het breken van dingen in hun huis. Ze willen niet meedoen aan een strijd tussen de roodhoedjes en de groenhoedjes. De kinderen kunnen na thuiskomst hard gestraft worden.

Uit het nu stille slagveld verscheen een Opper Terrein Kabouter, op een paard, zonder hoed vlak voor Itsy-Bitsy en Spring-Jack.

Net voordat alle kinderen zich gingen verstoppen, verzamelde Itsy-Bitsy hun ansichtkaarten. Itsy-Bitsy merkte op tegen de Chieftain, "je bent je hoed kwijt". "Nee", zei hij lachend terug. "Ik deed hem af om me te beschermen tegen verplettering door vriend of vijand". Itsy-Bitsy deed een beredeneerde gok op basis van alle informatie die ze van de Groene Hoed Kabouter had gekregen. Itsy-Bitsy pakte een rode hoed die ze vlakbij had gevonden en stopte de ansichtkaarten in de hoed. De Terrain Chieftain zette de hoed op en ontving de ansichtkaarten.

De Terrain Red Hat Chieftain vertelde Itsy-Bitsy dat er een wapenstilstand was afgekondigd en dat de strijd was beëindigd. De Rode Hoeden zullen menselijke winkels benaderen met een aanbod aan klanten dat als ze een Rode Hoed kopen, ze een Groene Hoed voor de halve prijs krijgen. Dit plan houdt de Groene mutsen tevreden en hun arbeiders bezig met het maken van Kabouters. Iedereen wint.

De Tuinfee, die er nu rood en groen uitzag, kwam uit een groene hoed en vloog weg met de gesigneerde ansichtkaarten. De kinderen woonden tenslotte een viering van een wapenstilstand bij. De Cap Cloud kwam en zweefde lang genoeg boven het feest om alle kinderen door Jumping-Jack te laten dragen.

H voor horde

Je overladen...

Komt jouw kant op...

Wacht even.

Heb de vastberadenheid...

Op naar rechtszaken...

Het doel raken.

Hopen op het beste...

Een ander plan bedenken...

Begroet die als hij succesvol is.

Gooi die horde naar beneden...

Verstop het achter...

Heb je er nog een?

De helft van de lijst is verdwenen...
Hop naar een andere ontdekking...
Hier komt nog een geheim.

Gelukkig zul je zijn...
Moeilijk om niet te weerstaan...
Anderen helpen.

Hoeden van rode...
Hoeden van Groen...
Maak uw keuze...
Huis tuin zal omarmen.

De Elfen

De Cap Cloud scheerde langs een andere zeer blauwe hemel met alle kinderen aan de lijn. Deze keer ging de Klapwolk in noordelijke richting, recht naar de Noordpool. Alle kinderen voelden de koude temperatuur en pakten extra dekens en truien om warm te blijven. De meeste kinderen hadden Groene Hoeden van het Kabouterterrein op hun hoofd. Een van de kinderen wist wie er op de Noordpool woonde en riep zijn naam, Santa Clause. De kinderen hoorden hem luid en duidelijk. Itsy-Bitsy en Jumping-Jack konden de opwinding op al hun gezichten zien.

Het eerste wat de kinderen zagen na de landing waren de rendieren. Ja, alle negen. Ze kregen de opdracht om de kinderen naar het Terrein Koninkrijk van de Kerstman te brengen. Het probleem was dat ze de opdracht van de Kerstman niet konden uitvoeren. Er waren meer rendieren dan kinderen. De rendieren konden gaan vechten om welk rendier een kind mocht uitkiezen. Het rendier snoof en maakte herrie. Itsy-Bitsy wist wat ze moest doen. Ze liet de vijf kinderen twee sneeuwpoppen maken. Nu had elk rendier een inzittende om te vervoeren - 6 kinderen, 2 sneeuwpoppen en Spring-Jack. Nu was alles goed.

De rendieren vertrokken met hun lading door de sneeuw naar Santa's Kingdom. Bij aankomst werden de kinderen verwelkomd door de Elf, Ify genaamd. Ify zou zeggen: "Als jij dat doet, doe ik dit". Ify heeft nooit iets alleen gedaan. Hij had altijd hulp nodig of vertelde iedereen eerst wat ze moesten doen. Hij zei tegen Itsy-Bitsy en de kinderen: "Als jullie in de rij gaan staan, open ik de deur van het Kerstmannenrijk. Als je je hand uitsteekt, laat ik de elfen je de hand schudden. Als jij de elfen jouw naam vertelt, vertel ik jou hun naam. Als je aan tafel gaat zitten, laat ik de koks de lunch voor je klaarmaken. Als de koks me helpen om het eten op tafel te brengen, zal ik het eten serveren".

Itsy-Bitsy vroeg Ify, "Is de Kerstman de Hoofdman van het Terrein?". Ify zei nee, maar de Kerstman staat in voor de Chieftain Elf. Vele jaren geleden verliet onze Chieftain Elf ons. De Seelie Court, die de geschillen tussen de Fairies beslecht, oordeelde dat de Terrain Chieftain Elf moest worden verbannen uit wat we nu Santa Kingdom noemen, de Noordpool. Itsy-Bitsy vroeg: "Wat heeft hij gedaan? De Elf van de Hoofdman haatte Kerstmis. Hij weigerde het seizoen te vieren. Hij heeft jarenlang gelogen en gedaan alsof hij van Kerstmis hield. Itsy-Bitsy vroeg toen: "Hoe kwam de Andere Wereld erachter? Op een kerstdag gaf de hoofdelf de elfen de opdracht om al het speelgoed met gebreken te maken. De Chieftain Elf veranderde zelfs de instructie in tekeningen, zodat het speelgoed uit elkaar zou vallen. De Kerstman bezorgde dat speelgoed over de hele wereld. Pas het volgende jaar werd de Elfenhoofdman ontdekt. Van over de hele wereld kregen we brieven van kinderen die klaagden over het speelgoed dat ze met Kerstmis hadden gekregen. De kinderen stopten in hun brieven een wens voor speelgoed met een garantie tegen defecten. Die brieven werden verzameld en per expresse naar het Seelie Court gestuurd voor onderzoek. Het Hof interviewde de speelgoedmakende Elfen. De Elfen namen hun blauwdrukken mee. De blauwdrukken zijn goedgekeurd door de Terrain Chieftain Elf.

De Seelie Court stelde ook vast dat de Chieftain Elf goed speelgoed meenam en het begroef in de sneeuw. Dit feit kwam aan het licht toen het koninkrijk van Santa te maken kreeg met een vroege dooi. Speelgoed werd gevonden door sommige Elfen. De Elfen hielden een sneeuwballengevecht. Die Elfen zagen speelgoed door de sneeuw omhoog steken. Voor het sneeuwballengevecht stampten de rendieren op de grond, zoals ze dat doen, op zoek naar voedsel om aan te knabbelen, en braken ze het speelgoed.

De Seelie Court hield zich aan de regel dat je geen leven van leugens kon leiden. De Chieftain Elf brak de Terrain Golden Rule om niet te liegen. De Godmother Fairy Cloud stuurde onze Chieftain Elf naar de Zuidpool. Ze stuurde twee speciale wolken met de naam Nacreous Clouds. De Godmother Fairy stuurde ook een speciale boodschap die door een Garden Fairy aan Chieftain Elf werd bezorgd en die zei: "Als het speelgoed niet voor aankomst op de Zuidpool wordt gemaakt, zullen de Nacreous wolken verdwijnen en verdwijnen. Je valt in de oceaan en verdwijnt samen met het speelgoed dat niemand wil". We hebben een kopie van de brief in ons Santa Museum. Niemand heeft nog iets gehoord van de Chieftain Elf, maar een paar apen hebben wat speelgoed gevonden. Dat speelgoed was aangespoeld op een strand in Afrika, hoorden we.

Geen enkele elf wilde met de Opper-Elf mee op zijn verbanning naar de Zuidpool. De Elfenhoofdman ging zover dat hij zijn elfen beval te vertrekken. Dit veroorzaakte een opstand. Op een nacht wachtte een groep elfen tot de Chieftain in slaap viel. Die elfen bonden de Opper-Elf met linten en strikken vast in zijn slaapkamer. Toen de twee Troebele Wolken arriveerden, bonden de elfen extra linten van het bed aan een speciale grote ballon. Het werd voor deze gelegenheid in de speelgoedfabriek gemaakt. Toen de ballon de grootste paarlemoeren wolk bereikte, werd er een pijl afgeschoten die de ballon deed barsten. De Chieftain Elf viel ondersteboven. Hij landde midden in de grootste witte wolk. De elfen deden dezelfde truc met het kapotte speelgoed. Er werden linten aan ballonnen geknoopt en aan het kapotte speelgoed vastgemaakt. Die ballonnen werden afgeschoten met pijlen, waardoor het kapotte speelgoed op de kleinere Nacreous Cloud terechtkwam.

De elfen vierden allemaal het vertrek van de hoofdman en bedankten de negen rendieren voor het vinden en opgraven van het speelgoed dat in de sneeuw begraven lag. De rendieren werden door de Seelie Court onschuldig bevonden. Alle elfen bleven in Santa Kingdom om speelgoed te maken.

De Kerstman is nooit vervangen door een nieuwe Terrain Chieftain Elf. Elk jaar vieren we het vertrek van de Chieftain Elf. We noemen deze feestdag Upcycle Day.

Alle feeën uit de Andere Wereld sturen afgedankt speelgoed uit vuilnisbakken naar ons. De tuinfeeën vliegen ze met honderden tegelijk binnen. We knappen dat speelgoed weer op en sturen het op kerstavond met de Kerstman mee. Alle moeite die onze elfjes doen voor dat afgedankte speelgoed, helpt de klimaatverandering te stoppen. Morgen is het Upcycle-dag. Je zult de Kerstman ontmoeten. Ifty zegt nog één ding: "Zorg ervoor dat al je vrienden en Jumping-Jack een verlanglijstje maken om morgen aan de Kerstman te geven".

Itsy-Bitsy laat alle kinderen en Jumping-Jack hun verlanglijstje voor Kerstmis op hun ansichtkaart schrijven. De volgende dag komt, en iedereen is op het festival. Overal in Santa Kingdom zijn vuurwerk, enorme ballonnen, strikken van linten en zuurstokken. In de werkplaats zijn Elfen druk bezig met het ontvangen van doos na doos van de Tuinfeeën. Itsy-Bitsy zag een van haar speeltjes die ze thuis buiten in de tuin had laten liggen. Itsy-Bitsy besloot dat Ziggy het aan haar moeder verteld moest hebben. Haar moeder moet tegen Ziggy gezegd hebben om het in de vuilnisbak te gooien, de volgende keer dat je het vuilnis buiten zet. Het speelgoed was Itsy-Bitsy's lievelingspop.

Itsy-Bitsy doet een verzoek op haar ansichtkaart aan de Kerstman om haar pop terug te krijgen. De pop is Betsy Wetsey. Itsy-Bitsy heeft het een paar jaar geleden van de Kerstman gekregen.

De kinderen begroeten de Kerstman en geven hem hun ansichtkaarten. De Tuinfee verschijnt uit een doos en ontvangt de ansichtkaarten van de Kerstman en een koekje om mee te nemen. De Kerstman vraagt Elf Ifty om de pop te vinden. Ifty zegt dat hij graag op zoek gaat naar de pop als een paar elfen hem eerst van de rollende metalen glijbaan afhelpen. De Kerstman zei, Ho, Ho, Ho! Alle kinderen sloten zich aan bij Ifty en tuimelden van de tweede verdieping naar de eerste. De kinderen hadden het zo naar hun zin dat niemand wilde dat de pret ophield. De Kerstman-elfen gaven snoepstokken en zelfgemaakte chocoladekoekjes aan elke elf en elk kind, als ze de bodem van de koker haalden. Ifty haalde een pop uit een van de dozen en gaf de pop aan Itsy-Bitsy. "Ja, Ja, dit is mijn pop, mijn Betsy Wetsy!" "Dank je wel Kerstman"! "Dank je, Ifty"!

Dit was net op tijd. Toen een van de Kerstmannen uit het raam keek, zag hij de Cap Cloud het Kerstmannenrijk naderen. Itsy-Bitsy vertelde de Kerstman en Ifty dat binnenkort alle kinderen op weg zullen zijn. Jumping-Jack at te veel koekjes, maar hij slaagde er toch in om alle kinderen naar de Clap Cloud te brengen. Ze vertrokken naar een helderblauwe hemel.

Ketting

Te Cap Cloud daalde neer op Santa Kingdom met specifieke instructies van de Godmother Fairy om de kinderen naar de Terrain Chieftain Change Link te drijven. De Gouden Regel van de Godmother voor iedereen in de Andere Wereld was om niet te liegen. "Niemand zou een leugen moeten leven".

Itsy-Bitsy is een prachtig kind met lang goudblond haar. Haar paarse ogen waren ongewoon. Ze was klein, maar populair op school. Haar persoonlijkheid straalt van zelfvertrouwen, zoals ze haar kennis van weersvoorspellingen deelt. Het viel haar op dat al haar klasgenoten langer waren dan zij. Itsy-Bitsy begon vragen te stellen. Op een dag ondervroeg ze haar moeder over haar kleine gestalte. Haar moeder antwoordde: "Maak je geen zorgen over je grootte. Je zult snel groter worden. Je zult langer worden tijdens je slaapuren". Itsy-Bitsy weigerde thuis in een spiegel naar zichzelf te kijken, want in haar hart wist ze dat ze niet groter zou worden. Itsy-Bitsy had een teken op haar slaapkamerdeur laten tekenen op haar lengte. Er werd maand na maand geen nieuwe markering toegevoegd. Zelfs Ziggy begon haar te plagen en noemde haar "Shrimpy". Storm, Itsy-Bitsy wordt niet groter, dus je blijft schattig voor veel knuffels. Itsy-Bitsy was maar vier keer zo groot als haar pop, Betsy Wetsy! De meeste kinderen kregen elk jaar nieuwe kleding, omdat ze eruit groeiden. Itsy-Bitsy daarentegen groeide nooit uit haar kleren. Ze moest haar kleren dragen tot ze versleten waren. Itsy-Bitsy heeft nooit nieuwe schoenen gekregen. Ze moesten gaten in de zielen hebben. Itsy-Bitsy vond deze toestand niet eerlijk. Ziggy kreeg steeds nieuwe kleren en schoenen. Hij werd elk jaar groter en groter.

De Cap Cloud is eindelijk aangekomen boven Terrain Chain Link. De Cap Cloud kondigde aan dat het enige kind dat van de Cloud af mocht Itsy-Bitsy was, omdat zij het enige kind was met een kaartje voor de Terrain Chieftain Link. De Cap Cloud kon niet liegen. Hij kende andere redenen, maar probeerde die geheim te houden, totdat een kind huilde, maar waarom? De Wolk antwoordde: "Dit terrein is erg gevaarlijk. De Fairy Links kunnen je meenemen en een dubbele wissel doen en dan nog een keer en nog een keer. Schakel je heen en weer naar je menselijke familie of weer terug naar de Andere Wereld. Die Change Link Fairies hebben een geschiedenis in het verwisselen van kinderen. Je kunt ze niet vertrouwen. Ze geven hun feeënkinderen weg aan menselijke ouders om op te voeden in ruil voor menselijke kinderen. Die Change Link Fairies denken dat hun kinderen een betere opleiding kunnen krijgen of meer kansen, zoals beter eten. Misschien worden ze uiteindelijk groter. Deze situatie is erg gevaarlijk voor jullie vijf kinderen, want jullie zijn allemaal op weg naar de Mensenwereld. Blijf op de Clap Cloud. Je bent veilig bij mij. Ik zal jullie allemaal je favoriete spel laten spelen, raad eens wat ik kan zien".

Itsy-Bitsy was heel dapper. Ze sprong op Jumping-Jack en landde op Terrain Change Link. Misschien kon ze de waarheid vinden. Misschien zou ze haar wortels ontdekken. Ze kon oog in oog komen te staan met haar bestaan. Wat wist de Change Link precies dat zij niet wist? Zou ze ooit de waarheid kennen? Welke vragen zou ze stellen? Erger nog, zou het toestaan van haar uit de Cloud gewoon een complot zijn om haar te houden? Het kon haar niet schelen als ze haar broer Ziggy nooit meer zou zien, maar ze zou haar moeder en vader wel missen. Zulke gedachten stroomden uit haar, vermengd met tranen en buitelingen. Ze probeerde zichzelf te kalmeren door te denken dat wat er ook uit dit bezoek zou komen, ze nog steeds Jumping-Jack en haar favoriete pop, Wetsey Betsy, had.

Itsy-Bitsy hoorde voetstappen die op haar afkwamen vanuit het dichte bos dat het meeste zonlicht buiten sloot. De bomen hier vormden een bladerdak waardoor alleen lichtstralen de grond raakten. Met elke stap die dichterbij kwam, werd Itsy-Bitsy een beetje nerveuzer. Uiteindelijk stopten de voetstappen vlak onder een lichtstraal. Een stem zei: "Ik ben de Terreinleider Veranderlink. Ik heb een archiefboek meegenomen van onze afdeling Links. Link Runner houdt het boek voor je vast om te lezen.

Hij zal je helpen je naam op te zoeken, Itsy-Bitsy Cloud. Misschien staat je naam niet in het boek. Kom naar het licht om samen te zien wat er wordt onthuld. Itsy-Bitsy aarzelt, maar nieuwsgierigheid brengt haar naar het licht. Link Runner vindt haar naam in het boek en wijst naar de naam Itsy-Bitsy Cloud. In het Boek van de Andere Wereld staat dat je in feite een Fee bent, die behoort tot onze Change Link Terrain. De Runner Link zegt verder dat je bent overgeschakeld naar een menselijke familie die Cloud heet. We hebben je vleugels laten knippen en je oren laten aanpassen, zodat geen mens kon raden dat je een fee was. Itsy-Bitsy barstte in huilen uit toen ze dit nieuws hoorde. "Wat gaat er met me gebeuren?" Deze woorden waren te horen tussen haar snikken door. De Chieftain Link probeert Itsy-Bitsy te kalmeren. De Godmother Cloud heeft dit bezoek geregeld zodat je geen leugen hoeft te leven. Geen enkele fee in een andere wereld of persoon in een mensenwereld zou met een leugen moeten leven. Waarheid neemt alle twijfels weg en brengt geluk in je wezen. The Godmother Cloud concludeerde uit je vragen over je maat dat het hoog tijd was dat je de waarheid zou weten. Je prachtige persoonlijkheid zal niet veranderen. Er zal nog steeds van je gehouden worden in je geadopteerde Mensenwereld. Niemand daar zal zich ooit afvragen waar je vandaan komt. Itsy-Bitsy zegt, "Ik ben nog steeds in de war. Met wie was ik verwisseld?" De Chieftain Link antwoordt: "Je bent verwisseld voor een klein mensenmeisje." "Kan ik haar ontmoeten?" "Nee, helaas is ze een paar jaar geleden overleden, omdat ze niet wilde luisteren. Ze sprong uit haar boomhut om op een wolk te klimmen. Ze viel op de grond. Net als jij had ze dezelfde geheime wens. Ze wachtte echter niet op de goede fee om haar wens in vervulling te laten gaan".

Itsy-Bitsy vraagt: "Wat gaat er gebeuren met mij, mijn pop en Jumping-Jack? Chieftain Link vertelt Itsy-Bitsy dat de tragische dood van de menselijke schakelaar nu nooit meer kan plaatsvinden bij de familie Cloud. Je wordt aan hen teruggegeven, op voorwaarde dat je je houdt aan de voorwaarden die de Godmother voor je reizen op de Clap Cloud heeft opgesteld. Itsy-Bitsy is enorm opgelucht.

Haar enige probleem is nu om haar ansichtkaart in handen van Terrain Chieftain Link te krijgen. Itsy-Bitsy gaat naar Runner Link, nog een laatste keer om haar naam in het boek te zien. Ze weet dat Chieftain

Link het boek moet tekenen om zijn ontmoeting met Itsy-Bitsy vast te leggen. Ze zag veel van zijn handtekeningen op de verschillende pagina's die de Runner Link omsloeg. Itsy-Bitsy plaatst haar ansichtkaart op haar naampagina in het boek. De Chieftain krijgt de ansichtkaart terwijl hij het boek ondertekent. De Tuinfee, gekleed in krantenprint, komt uit de kaft van het boek gevlogen en eist de ansichtkaart op. Daar gaat ze met de ansichtkaart. Niet lang daarna verschijnt de Cap Cloud net boven een boomtop. Jumping-Jack klautert de hoogste boom in met Itsy-Bitsy op zijn rug samen met haar pop. Jumping-Jack neemt dan een grote sprong en landt op Cap Cloud. Alle kinderen klappen. Ze zijn zo blij om haar te zien! De kinderen maakten voor Itsy-Bitsy een aureool van de Cap Cloud. Nu noemen de kinderen Itsy-Bitsy de Kapwolkengel. Haar nieuwe naam.

48   Itsy-Bitsy Wolk

Kelpie, het paard

Te Klapwolk dreef heel langzaam naar het noorden. De kinderen sliepen allemaal, dus de wolk nam zijn tijd om naar de nieuwe bestemming, het Kelpie Terrein, te komen. De kinderen werden allemaal uit hun diepe slaap gewekt toen ze een paard hoorden met zijn kenmerkende geluid. Een van de kinderen riep: "Kijk daar eens". Ze zagen allemaal een paardachtig wezen aan de oever van een rivier staan. Hij was zo blauw als het water.

Zodra de Clap Cloud in de buurt van het paard zweefde, wilde elk kind als eerste in de rij staan om het paard te aaien. Het paard leek vriendelijk. Jumping-Jack deed zijn werk en zette elk kind bij het paard. Telkens als het paard werd geaaid, gooide hij zijn hoofd op en neer uit dankbaarheid. Hij leek erg vriendelijk.

Eén kind kwam op het idee om op hem te rijden. Het kind kreeg Jumping-Jack zover om hem op zijn rug te tillen. Nu wilden alle andere kinderen ook een ritje maken.

Het paard voldeed aan deze wens door zijn rug te strekken om ruimte te maken, maar er was slechts genoeg ruimte voor vijf kinderen. Itsy-Bitsy, een engeltje, stond alleen aan de oever en keek toe hoe elk kind een plekje op de rug van het paard innam. Een van de kinderen besloot zijn plaats op te geven zodat Itsy-Bitsy kon gaan zitten. Het kind kon niet afstappen. Het kind zat vast achterop. Alle andere kinderen probeerden om de beurt af te stijgen. Ze zaten allemaal vast. Ze zaten vastgelijmd aan de rug van het paard. Itsy-Bitsy was ontzet.
Itsy-Bitsy haastte zich naar het paard. Itsy-Bitsy pakte alle ansichtkaarten en probeerde de kinderen één voor één los te wrikken. Elke ansichtkaart plakte aan het paard.
Het paard galoppeerde de rivier in. Itsy-Bitsy stond geschokt aan de oever van de rivier. Het paard verdween recht in het water. Later zag Itsy-Bitsy een ansichtkaart opduiken op het water. Het was haar ansichtkaart.

De Tuinfee verscheen vanachter een boom aan de oever van de rivier, gekleed in blauw, en haalde de ansichtkaart. Ze vloog ermee weg.

De Clap Cloud kwam al snel. Jumping-Jack leverde Itsy-Bitsy snel met haar pop af op de Clap Cloud.

Itsy-Bitsy, met dikke tranen over haar gezicht, schreeuwde: "Ik wil naar huis. Ik heb geen ansichtkaarten meer".

De storm

Itsy-Bitsy kan zich, net als veel weervoorspellers, vergissen. Ze liet het raam in haar slaapkamer openstaan. Vroeg in de ochtend ontstond een zware regenbui met harde wind. De regen en wind begonnen de gordijnen van de ramen te wapperen en de luiken in haar slaapkamer te rammelen. Ziggy was al op. Hij maakte zich klaar voor school toen hij vreemde geluiden hoorde uit Itsy-Bitsy's slaapkamer. Hij stormde de slaapkamer in en sloeg het raam dicht.

Dit geluid maakte Itsy-Bitsy wakker, uit haar diepe, diepe droom. Ziggy zei, "Ik ga mama over jou vertellen".

Over de auteur

Francis Edwards

Francis Edwards is erin geslaagd om het Victoria Tunnel Boek te herformatteren tot een moderne 3D-presentatie voor vertel- en leerboeken voor kinderen. Hij heeft tot nu toe 15 titels. Je kunt naar Etsy.com gaan om een van zijn Tunnelboeken te kopen.

Zijn essays, gedichten en geschriften zijn te lezen op Medium.com. Hij is ook aanwezig op Smashwords.com.

www.ingramcontent.com/pod-product-compliance
Lightning Source LLC
LaVergne TN
LVHW041553070526
838199LV00046B/1952